Analyse de l'œuvre

Par Benjamin Taylor

Le Livre de la Jungle

Rudyard Kipling

lePetitLittéraire.fr

Analyse de l'œuvre

Par Benjamin Taylor

Le Livre de la Jungle

Rudyard Kipling

Rendez-vous sur lepetitlitteraire.fr et découvrez :

Plus de 1200 analyses
Claires et synthétiques
Téléchargeables en 30 secondes
À imprimer chez soi

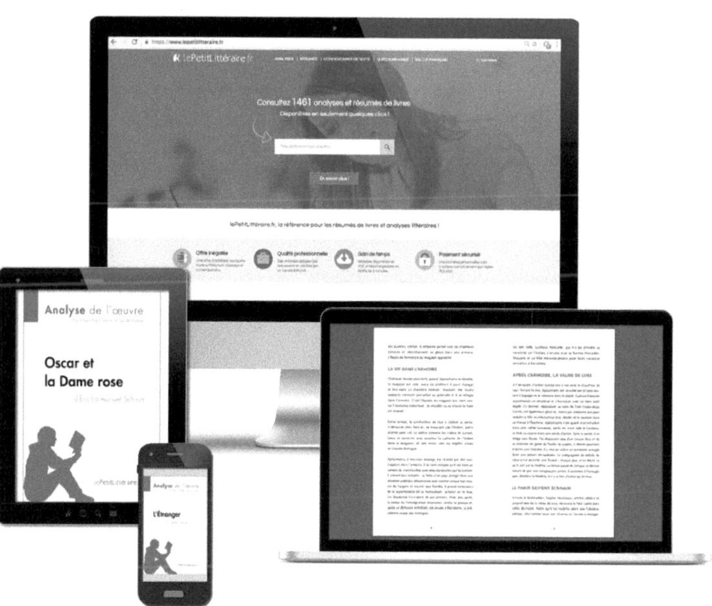

RUDYARD KIPLING

ROMANCIER, POÈTE ET NOUVELLISTE ANGLAIS

- **Né à Bombay (Inde) en 1865.**
- **Décédé à Londres en 1936.**
- **Travaux notables :**
  - *Capitaines courageux* (1897), roman
  - *Kim* (1901), roman
  - *Just So Stories* (1902), recueil de récits

Rudyard Kipling est considéré comme l'un des plus éminents écrivains anglais de sa génération. On se souvient de ses écrits sur l'Empire britannique, l'Inde et ses contes pour enfants. Bien que sa célébration tristement célèbre de l'impérialisme européen signifie qu'il est parfois considéré comme désuet et problématique dans le contexte de sociétés occidentales de plus en plus libérales sur le plan social, ses romans, ses histoires et sa poésie sont très appréciés pour leur expertise, leur ingéniosité et leur dynamisme. Il est né à Bombay (aujourd'hui Mumbai) en 1965 de parents anglais et, après avoir fait ses études en Angleterre, il est retourné en Inde pour travailler comme journaliste. C'est là qu'il a commencé à publier ses poèmes et ses nouvelles, et il est rentré en Angleterre en 1889 en fanfare pour la qualité et la popularité de ses écrits. En Angleterre, Kipling est de plus en plus apprécié en tant qu'écrivain et se lance dans une carrière prolifique qui comprend un grand nombre de nouvelles et de recueils de poésie, ainsi que quatre romans. En 1907, il est devenu le premier Anglais à recevoir le très convoité prix Nobel de littérature, et il a continué à écrire jusqu'à sa mort en 1936, à l'âge de 70 ans.

LE LIVRE DE LA JUNGLE

CONTES DU ROYAUME DES ANIMAUX

- **Genre :** recueil de nouvelles
- **Édition de référence :** Kipling, R. (1994) *Le Livre de la Jungle*. Londres : Penguin Books.
- **1ère édition :** 1894

Grâce en partie aux remarquables adaptations cinématographiques et musicales populaires qui ont vu le jour depuis sa première publication, *Le Livre de la jungle est* devenu l'un des plus célèbres recueils d'histoires pour enfants jamais écrits. La plupart des histoires du recueil se déroulent dans une jungle sans nom en Inde et concernent la vie de divers animaux personnifiés au sein de leurs différentes sociétés animales. Le livre aborde des thèmes tels que la loi et l'ordre, l'identité et l'aliénation, et les luttes de Mowgli avec son identité et son abandon sont souvent considérées comme liées à la relation de Kipling avec ses propres parents, qui l'ont envoyé en Angleterre à l'âge de cinq ans pour vivre avec des parents adoptifs. En raison des allégeances coloniales de Kipling, les histoires ont parfois été remises en question en tant que textes impériaux anglo-indiens culturellement problématiques, présentant de manière biaisée les populations «indigènes». L'œuvre a néanmoins connu un grand succès en Grande-Bretagne et à l'étranger et reste à ce jour un élément essentiel de la littérature nationale pour enfants.

RÉSUMÉ

LES FRÈRES DE MOWGLI

Une nuit dans la jungle, un père et une mère loups sauvent un enfant humain des griffes de Shere Khan, le tigre. Bien que ce dernier proteste, affirmant qu'il s'agit de sa proie, les loups refusent et adoptent l'enfant, qu'ils nomment Mowgli. Ils l'emmènent ensuite au conseil des loups de la jungle, où la meute juge si leur décision coïncide avec la loi de la jungle. Au conseil, les loups sont méfiants et furieux du fait que Mowgli soit un homme. Shere Khan se cache en criant pour qu'on lui rende sa proie, mais Akela, le vieux chef des loups, l'ignore. L'entrée de Mowgli dans la meute est soutenue par Baloo l'ours, qui enseigne aux jeunes loups la loi de la jungle, et Bagheera la panthère, qui leur offre un taureau mort en compensation.

Dix ans plus tard, Mowgli a appris les voies de la jungle, avec Baloo et Bagheera comme guides. Tous se méfient de Shere Khan. Bagheera craint qu'une fois qu'Akela sera trop âgée pour diriger la meute, Shere Khan en profite pour les monter contre Mowgli, qui est un étranger en raison de son espèce, et pour réclamer son prix. Pour s'y préparer, Bagheera demande à Mowgli de se rendre au village humain voisin et de voler du feu, dont tous les animaux ont peur. Le soir venu, le leadership d'Akela est remis en question par la meute. Lors de la réunion du Conseil de la jungle, Shere Khan convainc une grande partie des loups, malgré les protestations de Bagheera et

Akela, que Mowgli doit être tué. Cependant, ayant suivi le conseil de Bagheera, Mowgli sort le feu et bat le tigre et de nombreux loups en fuite avec un bâton brûlant – et jure de revenir un jour en portant la peau de Shere Khan. Il pleure cependant lorsqu'il réalise qu'il doit maintenant quitter la jungle et retourner dans le monde des humains.

LA CHASSE DE KAA

L'histoire saute à une époque antérieure, lorsque Baloo et Bagheera enseignaient à Mowgli les coutumes de la forêt et les différents langages permettant de se lier d'amitié avec les animaux. Mowgli avait parlé aux singes, qui sont raillés dans la forêt parce qu'ils n'ont pas de lois, mentent et sont sauvages et chaotiques. Un jour, ils volent Mowgli à ses maîtres et l'emmènent à travers la forêt jusqu'à une ancienne ruine indienne qu'ils appellent leur maison. Baloo et Bagheera ne peuvent pas suivre et vont demander de l'aide à Kaa le serpent. Les trois hommes se rendent dans la ville en ruines et combattent des centaines de singes, se blessant gravement au passage. Ils parviennent cependant à sauver Mowgli et laissent Kaa chasser les singes, qui sont terrifiés par lui.

TIGRE ! TIGRE !

De retour dans le présent, Mowgli retourne au village humain près de la Jungle. Ils le reconnaissent immédia-tement comme l'enfant enlevé dix ans plus tôt, et il est rendu à sa mère biologique, Messua. Mowgli a du mal à s'adapter à la vie dans le monde des humains et est tout autant un étranger à cause de son éducation qu'il l'était dans la Jungle pour son humanité. Il rencontre régulièrement l'un de ses frères loups, qui lui raconte les déplacements de Shere Khan. Finalement, les humains confient à Mowgli la tâche de garder les vaches et les taureaux. Un jour, son frère loup lui apprend où se trouve Shere Khan et sa relative faiblesse. Mowgli parvient à le piéger dans un ravin et à le piétiner à mort avec les troupeaux de taureaux. Mowgli écorche le tigre, mais ce faisant, il effraie les humains, qui le chassent du village comme un mauvais esprit.

Mowgli retourne dans la jungle, montre à la meute et à sa mère loup la peau de Shere Khan, et fait le serment de chasser seul avec ses frères loups. Il est révélé que, plus tard dans sa vie, Mowgli quittera la jungle et se mariera, mais pas dans cette histoire.

LE SCEAU BLANC

Dans une toute autre histoire, un phoque blanc pur nommé Kotick naît sur l'île de Novastoshna. Il grandit sur l'île dans la joie avec sa mère et son père. Un jour, des humains arrivent et il découvre qu'ils tuent chaque année plusieurs centaines de phoques pour leur peau. Ils laissent cependant Kotick tranquille, à cause de sa blancheur, pour laquelle ils sont superstitieux. Kotick part alors en voyage pour essayer de trouver une plage où les humains ne vont pas et où le troupeau de phoques peut vivre en paix. On lui demande de trouver les vaches de mer, qui, dit-on, le conduiront sur une île sans humains. Kotick parcourt l'océan Pacifique à la recherche des vaches de mer, se rendant sur de nombreuses îles et trouvant des humains sur chacune d'elles.

Enfin, alors que tout espoir semble perdu, il trouve un troupeau de vaches de mer, qui le conduit sur une magnifique île déserte parfaite pour les phoques. Kotick retourne immédiatement à Novastoshna et les convainc de le rejoindre sur l'île.

RIKKI-TIKKI-TAVI

Un jour, une famille trouve une mangouste à moitié noyée nommée Rikki-tikki et décide de la garder afin de protéger leur jeune fils, Teddy, des serpents.

Un jour, dans le jardin, Rikki-tikki rencontre un oiseau nommé Darzee et sa femme qui pleurent la perte d'un de leurs petits, tué et mangé par un cobra nommé Nag. Nag surgit, affronte Rikki-tikki, et il est presque tué par la femme de Nag, Nagaina, mais il est sauvé grâce à l'avertissement de Darzee. Lorsqu'il retourne à la maison, la mangouste parvient à tuer un serpent qui menace Teddy, ce qui impressionne la famille. Plus tard dans la nuit, Rikki-tikki découvre que les cobras ont l'intention d'entrer par la salle de bain pour tuer la famille. Rikki-tikki attend dans la salle de bain et tue Nag pendant son sommeil.

Rikki-tikki doit maintenant se concentrer sur Nagaina, en deuil, qui entre dans la maison et coince la famille à la table du petit déjeuner, dans l'espoir de tuer Teddy par vengeance. Rikki-tikki, cependant, a été occupé à détruire ses œufs de cobra, et l'attire dehors en la menaçant de détruire le dernier. Il la suit ensuite dans son trou et la tue.

TOOMAI DES ÉLÉPHANTS

C'est l'histoire de Toomai, un jeune Indien dont la famille possède un vieil éléphant de combat nommé Kala Nag. Son père fait partie d'un groupe de soigneurs d'éléphants qui aident à capturer des éléphants sauvages pour l'armée britannique, dirigée par Peterson Sahib, un homme blanc dont on dit qu'il en sait plus sur les éléphants que tout autre homme vivant. Une nuit au camp, Toomai remarque quelque chose d'étrange chez Kala Nag, qui refuse de dormir. L'éléphant finit par s'éloigner, Toomai le suit et est hissé sur son dos. Ils se rendent dans une clairière où plusieurs dizaines d'éléphants se sont rassemblés, et tous semblent parler entre eux dans leur langage d'éléphant, au grand étonnement de Toomai. Il assiste alors à quelque chose qu'aucun homme n'a jamais vu : la danse des éléphants, qui se dressent sur leurs pattes arrière et tapent sur le sol à plusieurs reprises. Ils rentrent au camp le matin et Toomai est traité en héros pour ce dont il a été témoin.

LES SERVITEURS DE SA MAJESTÉ

Cette histoire raconte les événements survenus dans un vaste camp militaire la nuit précédant la visite de l'émir d'Afghanistan au vice-roi d'Inde. Racontée du point de vue d'un humain qui semble comprendre le langage des animaux, elle couvre une dispute entre plusieurs animaux de guerre différents, dont des chameaux, des éléphants et des chevaux, au sujet de la lâcheté à la guerre, de leurs relations avec les personnes qui les exploitent et des raisons pour lesquelles ils font ce que les humains leur disent de faire.

PERSONNAGES

MOWGLI

Mowgli est le personnage central du *Livre de la jungle*. Enfant, il a été sauvé par des loups des griffes de Shere Khan, le tigre qui s'est donné pour mission de le tuer. Ainsi, Mowgli grandit parmi les loups et les autres animaux de la jungle, apprenant leurs coutumes et leur mode de vie plutôt que ceux de son peuple natal: «Il n'était qu'un garçon, mais il se serait appelé loup s'il avait été capable de parler une langue humaine» (p. 16). Cependant, malgré la nature de son éducation, Mowgli est ostracisé par certains des animaux de la Jungle qui ne le comprennent pas en raison de son humanité et de son intelligence essentielles: «Il est sage et bien éduqué, et surtout il a les yeux qui font peur aux gens de la jungle» (p. 44).

Bien que Mowgli soit très malmené en raison de sa différence, il a néanmoins des alliés dans la jungle et entretient des relations profondes et significatives avec de nombreux animaux, notamment sa famille adoptive de loups et ses maîtres Baloo et Bagheera, qui le guident dans la vie de la jungle et lui apprennent les coutumes des bêtes. Lorsque Mowgli retourne dans le monde des humains, il se retrouve tout aussi ostracisé qu'avant et, en fait, la combinaison de son intelligence humaine naturelle et de son éducation semble le rendre supérieur tant dans le monde des humains que dans celui des animaux. Il est donc représentatif d'une espèce hybride, n'appartenant pas entièrement à l'un ou l'autre monde, et la fin de l'histoire semble le refléter, puisqu'il est révélé qu'il retourne dans le monde des humains en tant qu'homme à marier, passant apparemment d'un monde à l'autre à volonté.

BAGHEERA

Bagheera est une panthère noire, très crainte et respectée dans la jungle. Il est décrit comme étant « d'un noir d'encre sur toute la surface, mais avec les marques de la panthère qui ressortent dans certaines lumières comme le motif de la soie mouillée » (p. 12). Il semble être omniprésent pendant les années de formation de Mowgli, le guidant et le conseillant tout au long de l'histoire. Bagheera sauve notamment Mowgli lors de la réunion du Conseil en lui offrant un taureau en échange de son adhésion à la meute. Il est révélé plus tard que Bagheera agit ainsi parce qu'il connaît bien les coutumes des humains et qu'il a donc de la sympathie pour Mowgli, ayant vécu une grande partie de sa vie en captivité : « *Moi*, Bagheera – *je* porte cette marque, la marque du collier » (p. 18). Bagheera aime profondément Mowgli et agit comme une figure paternelle pour le garçon, utilisant ses connaissances du monde humaines et du royaume animal pour bien le traiter. Bagheera est fier, féroce et surtout respecté dans toute la jungle : « Tout le monde connaissait Bagheera, et personne ne se souciait de croiser son chemin, car il était aussi rusé que Tabaqui, aussi audacieux que le buffle sauvage et aussi téméraire que l'éléphant blessé » (p. 12).

BALOO

Baloo est un ours, connu dans toute la jungle comme étant sage, gentil et doux. Il est décrit au début de l'histoire comme « l'ours brun endormi qui enseigne aux louveteaux la loi de la jungle : le vieux Baloo qui peut aller et venir comme il veut parce qu'il ne mange que des noix, des racines et du miel » (p. 12). Il est le bienvenu dans et parmi la meute de loups et utilise sa connaissance de la loi de la jungle pour se porter garant de Mowgli au début de l'histoire, car il pense qu'il est légal qu'il soit admis dans la meute. Avec Bagheera, Baloo agit comme une figure paternelle pour Mowgli, et les deux partagent une relation profonde. L'étendue de son amour pour Mowgli est évidente lorsque l'enfant est capturé par les singes et que Baloo est clairement bouleversé et se rend entièrement responsable de la situation. Au cours du combat pour le sauver, cependant, il montre vraiment la dualité de sa nature, le doux professeur et ami se battant sauvagement et tuant de nombreux singes.

SHERE KHAN

Shere Khan est le grand tigre qui agit comme l'antagoniste de l'histoire par rapport au protagoniste Mowgli. Depuis que Mowgli a été séparé de ses parents, Shere Khan a revendiqué la propriété de la vie de Mowgli et s'est donné pour mission de faire rejeter Mowgli de la meute afin de le tuer. Mère Loup nous dit qu'« il est boiteux d'un pied depuis sa naissance. C'est pourquoi il n'a tué que du bétail » (p. 3). Il est très mal vu par les animaux plus âgés, traditionnels et respectueux de la loi de la jungle en raison de son penchant à tuer et à manger du bétail et même des humains – un acte qui, dans l'histoire, le rend malveillant et tordu. Le tigre est souvent dépeint comme une figure de faiblesse et de lâcheté, s'appuyant sur sa capacité à contrôler et à influencer les autres, notamment la hyène Tabaqui et ses laquais parmi les jeunes loups, pour obtenir ce qu'il veut. Il est humilié par Mowgli lors de la réunion du conseil, lorsque le garçon profite de la peur désespérée du feu qu'éprouve le tigre pour le battre. Shere Khan trouve la mort grâce à Mowgli qui, avec l'aide d'Akela, dirige un troupeau de taureaux en furie vers lui.

ANALYSE

HUMAINS CONTRE ANIMAUX

Une grande partie du *Livre de la jungle* concerne les subtilités et les variations entre le monde humain et le monde animal, qui sont dépeints comme deux sociétés très différentes. L'exploration de ces deux mondes contrastés qui se trouvent juste à côté l'un de l'autre est bien sûr représentée par le personnage de Mowgli, qui appartient à l'un et à l'autre et à aucun des deux en même temps. Tout au long des histoires, il est évident que la sympathie de Kipling va aux animaux, dont beaucoup sont dépeints comme courageux, fiers, logiques et surtout très respectueux des lois. En effet, Kipling semble impressionné par la puissance et l'ingéniosité du monde naturel : par exemple, Kaa le serpent est décrit comme « tout ce que les singes craignaient dans la jungle, car aucun d'entre eux ne connaissait les limites de son pouvoir » (p. 59). C'est également le cas de la mangouste Rikki-tikki, que le père de la famille humaine avec laquelle elle vit qualifie de « providence » (p. 139), mais qui est déconcertée par ces louanges, ayant fait exactement ce qu'il pensait devoir faire en tuant le serpent.

Les humains, en revanche, sont souvent décrits dans le *Livre de la jungle* comme cruels, brutaux et superstitieux – « les plus faibles et les plus sans défense de tous les êtres vivants » (p. 4). De nombreux animaux qui ont eu affaire aux humains semblent partager cette vision de l'humanité. Par exemple, Akela a « été battu et laissé pour mort, il connaissait donc les manières et les coutumes des hommes » (pp. 10-11). Kotick, le phoque, s'en rend également compte lors de sa première expérience avec les hommes, qui tuent à coups de bâton nombre de ses jeunes amis pour leur peau. De même que, dans le monde des humains, de nombreux animaux de la Jungle sont généralement craints, de même les animaux se méfient de la menace, de « l'arrivée des hommes blancs sur des éléphants, avec des fusils, et des centaines d'hommes bruns avec des gongs, des fusées et des torches. Alors tout le monde dans la jungle souffre » (pp. 4-5). Il est probable que nous ayons une vision aussi négative de la société humaine parce que de nombreuses histoires sont racontées du point de vue des animaux – qui craignent ce qu'ils ne comprennent pas, tout comme les humains. Kipling met cependant en lumière la façon dont les animaux sont maltraités et exploités par les humains, notamment Bagheera, qui a été maintenu en captivité pendant une grande partie de sa vie, l'éléphant Kala Nag, qui a été contraint à l'esclavage en tant qu'éléphant de combat pendant toute sa vie, et les animaux de guerre qui conversent dans l'histoire *Les serviteurs de Sa Majesté*, qui sont contraints de participer à des guerres sur ordre de l'Empire britannique.

LA LOI DE LA JUNGLE

Un autre contraste curieux entre les mondes humain et animal est d'ordre idéologique. Ce qui traverse de nombreux mondes animaux, c'est un sens de la structure sociétale défini par « la loi de la jungle » ou, dans le cas du *phoque blanc*, «la loi de la plage» – un ensemble de règles auxquelles les animaux doivent se conformer s'ils veulent être acceptés. Ces lois sont particulièrement importantes dans les histoires concernant Mowgli et son combat contre Shere Khan, car son existence même dans la jungle dépend de la compréhension des lois de la jungle par Baloo. En revanche, la société humaine est souvent dépeinte comme très superstitieuse. On peut le constater, par exemple, lorsque Mowgli retourne dans le village où il est né. Il se moque de Buldeo – le chef des chasseurs – pour les histoires follement mystiques et fausses qu'il raconte sur les animaux de la jungle. Selon lui, Shere Khan est «un tigre fantôme, et son corps était habité par le fantôme d'un vieux prêteur méchant» (p. 77). L'homme que Kotick rencontre croit lui aussi qu'il s'agit d'un esprit égaré: «Il n'y a jamais eu de phoque blanc depuis – depuis que je suis né. C'est peut-être le fantôme du vieux Zaharrof». (p. 110).

En présentant de cette manière le mysticisme au cœur de la société humaine, Kipling subvertit l'idée de civilisation, qui est typiquement associée à l'humanité. Au contraire, dans ces histoires, ce sont surtout les animaux qui sont justes, logiques et régis par un ensemble de lois «qui n'ordonnent jamais rien sans raison» (p. 4). Les humains du *Livre de la jungle* craignent ce qu'ils ne comprennent pas et tentent donc de donner leur propre sens à ces situations. Cela se voit dans la méfiance des villageois à l'égard de Mowgli, qu'ils chassent lorsqu'il tue et dépouille Shere Khan: «Sorcier! Fils de loup! Démon de la jungle! Va-t'en! Va-t'en vite ou le prêtre te transformera à nouveau en loup». (p. 91). Kipling semble tenter de rationaliser ces craintes en imaginant une société humaine personnifiée au sein du règne animal.

OUTSIDERDOM

Le thème central du *Livre de la jungle* – en particulier les histoires concernant Mowgli – est celui de l'exclusion et de la façon dont il est mis au ban de la société en raison de son anormalité. En raison de la nature de son éducation, Mowgli est en fait présenté comme une espèce hybride, quelque part entre l'animal et l'homme. Le fait qu'il semble y avoir une fascination culturelle pour ce phénomène, et que des symboles de la culture populaire comme le loup-garou, les centaures et les sirènes en témoignent, est peut-être un facteur qui contribue à l'héritage durable du *Livre de la jungle*. Mowgli est exclu à la fois du monde humain et du monde animal en raison de son intelligence humaine et de ses instincts animaux. Bagheera affirme que « les autres te détestent parce que leurs yeux ne peuvent pas rencontrer les tiens – parce que tu es sage – parce que tu as arraché les épines de leurs pieds – parce que tu es un homme » (p. 19). A l'inverse, dans le village des humains, Mowgli pense « maintenant je suis stupide et muet comme un homme le serait avec nous dans la Jungle » (p. 73) lorsqu'il se rend compte qu'il est incapable d'apprendre la langue. Il est ensuite chassé du village pour ses tendances animales, et il s'exclame : « Encore ? La dernière fois, c'était parce que j'étais un homme. Cette fois, c'est parce que je suis un loup » (p. 92). Ainsi, Mowgli vit quelque part entre ces deux sociétés.

L'extranéité est en effet un thème récurrent dans l'œuvre de Kipling. Il peut être utile, par exemple, de comparer *le Livre de la jungle* au personnage principal du célèbre roman de Kipling, *Kim,* qui se trouve tout aussi étranger à la société, étant né de parents irlandais mais élevé comme un orphelin dans les rues de Lahore.

POURSUITE DE LA RÉFLEXION

QUELQUES QUESTIONS À MÉDITER...

- Quels sont les signes du colonialisme britannique que l'on peut observer dans *Le Livre de la jungle*? Le traitement des relations raciales par Kipling doit-il être considéré comme problématique?
- Pensez-vous que la représentation des humains dans le livre est exacte? Comment un animal pourrait-il voir les humains de nos jours?
- Comparez Mowgli à Kimball O'Hara – le personnage principal de l'autre œuvre célèbre de Kipling, *Kim*. Y a-t-il des similitudes/différences entre eux?
- Le roman contient de longs passages détaillés décrivant la beauté naturelle de la jungle indienne. Pensez-vous que cela reflète l'amour de Kipling pour ce pays?
- Comparez *Le Livre de la jungle* à toutes les adaptations que vous avez vues. Pensez-vous qu'il fonctionne mieux en tant que livre ou en tant que film? Que changeriez-vous au livre dans une adaptation cinématographique?
- Que pensez-vous de la façon dont Kipling personnifie les animaux dans le livre? Projette-t-il simplement des personnalités humaines sur les animaux?
- Qu'est-ce qui fait du personnage de Mowgli ce qu'il est? Est-il davantage façonné par son éducation ou son héritage? Comment l'identité de Mowgli évolue-t-elle au cours du roman?

- Pouvez-vous voir des similitudes entre Mowgli et la propre vie de Kipling?
- Pourquoi pensez-vous que l'histoire de Mowgli et Shere Khan est plus populaire que les autres histoires du livre?

AUTRES LECTURES

EDITION DE RÉFÉRENCE

* Kipling, R. (1994) *Le Livre de la jungle*. Londres : Penguin Books.

ADAPTATIONS

* *Le Livre de la Jungle*. (2016) [Film]. Jon Favreau. Réalisateur. États-Unis : Walt Disney Pictures.
* *Le Livre de la Jungle*. (1967) [Film]. Wolfgang Reitherman. Réalisateur. États-Unis : Walt Disney Pictures.

Votre avis nous intéresse !
Laissez un commentaire sur le site de votre librairie en ligne
et partagez vos coups de cœur sur les réseaux sociaux !

lePetitLittéraire.fr

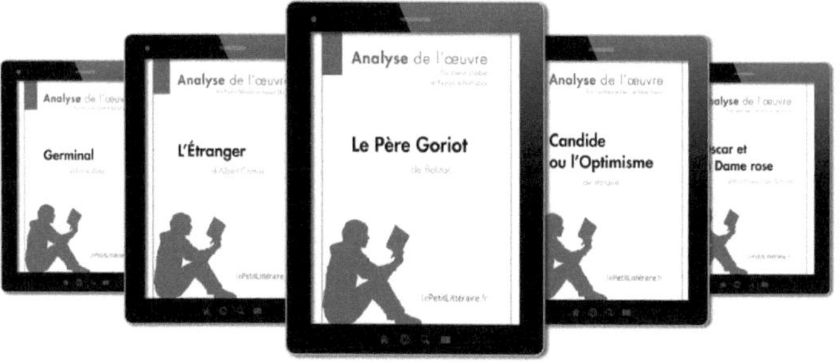

- des analyses de livres
- des fiches de lectures
- des commentaires littéraires
- des questionnaires de lecture
- des résumés

**Retrouvez
notre offre complète sur
lePetitLittéraire.fr**

www.lepetitlitteraire.fr

ISBN version numérique : 9782808684521
ISBN version papier : 9782808685320
Dépôt légal : D/2023/12603/1032

Conception numérique : Primento,
le partenaire numérique des éditeurs.